東尼流的
幸福栽培法

東尼拉茲洛 著
小栗左多里 畫

寫在前面

地球上現在大約居住著七十億的人口。不分男女老少，我希望每個人都能變得幸福。

那麼，大家是否全部能變幸福呢？

冷靜地回顧人類的歷史，不得不承認這是件非常困難的事。但即使如此，我一直以「希望自己能永遠幸福」的角度來回答：「這並非不可能的」。

我不認為這世上存在著適合所有人的「零碼（free size）幸福」。甚至覺得握有幸福的人，大部分都是綜合各種價值觀、智慧、教養，還有經驗的累積，才開拓出屬於自己的「量身訂做的幸福」。這件事有可能是特意的，也可能是在無意識的狀態下做到的。

即使是完全不同的文化、完全相異的語言，大體上還是有可以讓人在某處心生同感的「道理」存在。因此本書將我個人截至目前為止奉為圭臬的智慧與想法，以「通往幸福之路的指南」的方式來介紹給各位讀者。

對想開創一條專屬於自己「通往幸福之路」的人、或是想重新確認自己想法的人來說，如果本書能有所助益的話，我會覺得很慶幸。

那麼，希望大家都幸福！

二〇〇五年　秋
東尼拉茲洛

目次

實の章

東尼度診斷

芽の章

01 不准說「討厭」

東尼的內心話

「不可以說『討厭』哦——」。

父母從小就教育我不可以說「討厭」。

他們常叫我要思考：「喜歡」的相反其實並不是「討厭」，而是「不喜歡」。他們允許我說「無聊」或是「差勁」、「不舒服」、「糟透了」。可是，為什麼就是不可以說「討厭」呢！

大部分的小孩子都會有自己的好惡。我也不例外，會有不喜歡的顏色、書本、電玩遊戲、課業……等。當然，也會有性情投合或不合的朋友。但就算面對老是出一堆習題的老師，或是向人勒索錢財的不良少年，父母也不准我用「討厭」來形容對他們的感覺。

如今回想起來，這樣的管教的確有點過火。可是，當我還是小孩的時候，我非常聽話。

我的父母不只是強迫孩子不准說「討厭」。他們自己也絕對不說。所以，不准說「討厭」與其說是我們家的家教，不如說是家訓。在我們家，大家都嚴格遵守這個訓示，記憶中幾乎從來沒打破過。

特別是在飲食上，我家更是常常動用「討厭的禁止令」。我們家的用餐規矩是：所有拿到餐桌上的食物要全部吃光光，而且不聽任何任性的理由。由於從小確實地身體力行，所以養成我如今什麼都吃的習慣，不論到哪個國家，幾乎對任何食物都沒有抗拒感。

如今距離我小時候已經過了好幾十年，而我也在日本定居下來，而那個從小教我「不准說『討厭』」和「任何食物都得吃光光」的母親，不久前才第一次來日本玩。

日本對母親而言畢竟是個陌生的國度。為防萬一，我覺得還是該事先跟她確認一下吃方面的問題。以下就是我和母親的對話：

「有沒有什麼不吃的東西？」

「什麼都ＯＫ！」

「真的？」

「嗯……只有生魚片有點……」

「那烤魚或是紅燒魚可以嗎？」

「這種應該沒問題！」

「那連頭帶尾整條端上桌的魚咧？」

「……」

連頭帶尾的魚料理，如果用筷子，是不必太在意魚骨頭就可以享用的美食。但對於習慣用刀叉的人來說，會不知從何下手。因此，我篤定地認為如果是法式炸魚或天婦羅就沒問題，打電話給已預約好的日本餐廳，將不太合母親口味的餐點換掉。

我想盡最大的努力招待母親，但母親來日本之後還是不免遭遇了幾次「怎麼辦！真的要吃這個嗎？」的日式飲食的震憾教育。由於長年的習慣，她絕對不說「討厭」，但還真的無法做到「把什麼都吃光光」！

因此，她最先記住的日本話就是——「危機（狀況不妙）」！

還有這些諺語喔！

- 就算有必要忍耐，但也沒必要非說「喜歡」不可。（布列塔尼諺語）
- 如果找得到麵包就坐下來，如果找得到起司就留下來工作吧！（亞美尼亞諺語）

左多里の悄悄話

說完「討厭」兩個字，
才真正察覺
「自己討厭這件事（這個人）」。
因為一旦說出口，
那樣的心情就存在在這世上了。
說話方式緩和一點，
說不定還有轉圜的餘地。

不過，有時也會覺得
「只是」變成「不說」討厭而已……

芽の章

02 恰如其分

Χρυσός μέσος όρος

黃金中庸

古希臘思想

雖然從小就被教導「不准說討厭、任何東西都要嘗試」的價值觀，但其實我總是迷惑於每天吃進嘴裡的食物或飲料、甚至是藥，究竟該攝取多少才有益健康。而且資訊愈發達，這煩惱就變得愈嚴重。

我目前養成每天一定喝咖啡和二、三種茶的習慣。因此，特別關心「咖啡因與健康的關係」這方面的議題。可是，這世上充斥太多相關資訊，反而不容易知道「事實真相」。

一聽到新聞報導說：「含咖啡因飲料會引起胃潰瘍」，立刻就開始節制長年愛喝的咖啡或紅茶飲用量。但另外也有報導說：「咖啡因好像可以預防帕金森氏症」。這麼說，還是多喝點咖啡比較好囉？

此外，儘管聽說頭痛藥中所含的阿斯匹靈有害健康，但也有人認為可以預防心臟病。那麼究竟是即便頭痛也不吃藥好呢？還是應該為了預防心臟病而經常性地吃止痛藥好呢？

有時前一年報導對健康有益的東西，今年卻變成對身體有害。我經

常跟不上這樣的變化，所以漸漸地感到疲憊，不再隨時留意健康食品資訊。反正，我不認為經常更新自己飲食習慣的人生是幸福的。

在這當中，我注意到了所謂「黃金中庸」的古希臘思想。常見於數學、藝術領域、看似是基本價值觀的這套思想，是由亞里斯多德在西元前三百年左右提出的，我對與此相關的概念很感興趣。簡單地說，此一思想就是在教人「應避免過猶不及，以達到『中庸之道』為目標」。

太過於出風頭或太過於謙遜都不好。做人要有幽默感，雖不可以以捉弄人為樂，但變得無趣也不好。所謂以「中庸之道」為目標，就是凡事做得「恰如其分」。

亞里斯多德當時主要是在論述人類性格上的缺失。可是，這道理是否也適用於其他方面？舉例來說，他主張在飲食的攝取上也要「恰如其分」。

但問題點來了，「要攝取多少才是恰如其分呢？」當然，政府當局已經針對大部分的商品，發布了所謂「安全份量」和「每日最低安全攝取量」的標準。這標準對於「攝取過度」和「攝取不足」的控制是非常重要的。不過，連亞里斯多德也強調，「黃金中庸」要因時因地制宜，有必要依每個人的情況作不同判斷。

像我，就會盡量多吃不同種類的食物或飲料；不管是非常愛吃的東西，還是沒那麼愛吃的東西，我都會適當地攝取。若是在超市發現有很長一段時間沒吃的食品，就會在「好久沒吃了」的心態下買下來。即使是同樣的食品，也會為了維持多樣性而刻意購買不同廠牌的產品。這樣反而可以控制易攝取過量的食物。仔細想想，這樣讓自己在每天三餐中攝取含有各種養份的不同食材，和股票投資者的「避險」[†]思維非常類似。認真說起來，就是「避險型的黃金中庸」之道。

紅葡萄酒與白葡萄酒哪種對健康有益呢？假設性的說法變來變去，所以兩種都先喝了再說。如果到了最後確定是白酒對健康比較好的

†：原本是「回避」的意思。在股、匯市中則是指避掉某些投資風險。

話，就可以很自豪地說：「嗯，那種酒我也喝了不少」。

啤酒愛好者好像總會點自己最喜歡的啤酒品牌，說：「還是某某啤酒最好喝！」但偶而也應該採取「避險型的黃金中庸」之道，輪流喝喝不同廠牌的啤酒。

當然，並非什麼都講求「中庸」之道就好。世上有攝取愈多愈好的東西，也有顯然是避而不吃比較好的東西。雖然這麼說好像挺奇怪的，但「中庸」之道也應該要實行得恰如其分。

還有這些諺語喔！

- 比起恰如其分，完全斷絕反而容易。（奧古斯丁）
- 如果有「想要工作」的心情，不妨試著小睡一下；工作的心情一定馬上消失無蹤。（俄國諺語）

左多里の悄悄話

有理想固然很好。

但如果太過執著於
「不這樣不行」的想法，
很容易產生負面思考，
並因而認為自己的現狀是
「不夠好的」，
或者是「不行的」。

一定會有雨過天晴的時候，
偶而也不妨輕鬆一下。

03 「上癮」是自找的

東尼的內心話

我非常喜歡巧克力。若要我舉例來形容喜歡到什麼程度，我的腦海中立即會浮現英國作家J．R．R．托爾金所寫的奇幻小說《魔戒》。出現在小說中的戒指帶有魔咒，不管誰一接近它，就會產生想將它搶奪到手的強烈衝動；臉上的表情會轉瞬間就變得像魔鬼一樣，甚至想從朋友的手中將戒指偷到手。當然，我只有在接近巧克力的時後，才會產生類似的瘋狂舉止。

說到巧克力，雖然不至於每個人都非常喜歡，但除了因為過敏不能吃巧克力的人之外，我還沒有碰過討厭它的人。

很久以前我就聽過巧克力含有類似人類荷爾蒙成分的說法。如果此言屬實，人類之所以那麼迷戀巧克力，很有可能是出自動物本能。然而這種令人覺得「原來如此」的說法，其實只不過是都市傳說而已。

巧克力還有其他吸引人的原因。

在巧克力的原料「可可豆」中，含有一種可使人精神鎮定的物質

「可可鹼」（theobromine）。可可鹼的英文也源自意指「神的食物」的可可豆學名「theobroma」，而我認為這名字取得真好。

我第一次吃到巧克力時就迷戀上黑巧克力，甚至對此之外的巧克力不感興趣。不太摻雜糖或澱粉、可可純度愈高的巧克力我愈愛。所以，若談到巧克力的顏色，我也只挑深咖啡色或黑色的吃。

據說，牛奶巧克力是瑞士人在一八七五年發明的。我覺得想出牛奶巧克力的人有點偏離了「正道」，而發明白巧克力的人更是離譜。我來日本以後才第一次嘗到白巧克力。沒錯，就是在日本人俗稱「白色情人節」的三月十四日吃到的。雖然這麼說非常對不起喜愛白巧克力的人，但我雖然承認白巧克力是甜點的一種，卻不認為它應該被稱為巧克力。

我對巧克力有種超乎常人的堅持，這點連我自己也很驚訝。不，甚至已經不只是一種堅持，而是到了上癮的地步。人就算想做到「恰如其分」，還是會對某些事物上癮。每個人或多或少都會在不知不覺當中迷戀一、二樣事物，不是嗎？如果沒處理好而變得非常依賴這些有害身心的東西，說不定就會痛苦一輩子。果真如此的話，希望大家要慎選自己上癮的對象。但擁有嗜好是比沒嗜好更合乎人性的。我們應該避免的不是嗜好，而是惡習。

那麼，該怎麼做才能做出好的選擇呢？我所想到的「良好嗜好」的選擇方法如下：

○積極地選擇

不要被動地等著自己迷戀上什麼，而要主動去發掘。說穿了，就是自發性地迷戀上某事物的人才算贏。

○選擇無害於身心的嗜好

就算玩得過火也不會危害到健康的嗜好，容我再多囉嗦一句，就是要選擇對健康有益的嗜好。

○選擇有建設性的嗜好

就算無益於健康，也要選擇有點用的嗜好。

○選擇能持續的嗜好

不要選擇太花錢、會敗光家產的嗜好。

真正的上癮，就算癮頭不大，如果是從年輕時代就開始迷戀的，通常會變得難以自拔。從小父母就耳提面命地要我「不可以染上菸癮」。可是，他們倆自己卻是一天抽二、三包的菸槍；或許因為如此，他們的教誨不太有說服力。十四歲時，我違背了父母之意，開始抽菸。雖然當時正值青春叛逆期，但我想從小就有的好奇心才是比較直接的起因。

除了一般香菸之外，含有丁香成分或沒有濾嘴的菸、雪茄、菸斗等，凡是香菸店裡有賣的商品，我統統嘗試過。雖然我一直就像「做壞事」怕被人發現似地偷偷抽，但不到半年，我的「實驗」就被父母發現，還被狠狠地教訓了一頓。

不過，我也因此滿足了對香菸的好奇心，從此不再碰菸。俗話說「飯後一根菸，快樂似神仙」，在閒得發慌時來根菸或許不錯，但基於健康與經濟的考量，我挺慶幸自己還沒抽上癮就收手了。

年輕時真正讓我上癮的就是「讀書」。任何父母都會勸小孩要多讀書，但或許我的父母更崇尚「唯有讀書高」的觀念。我的父母一直這麼養育我，學業成績表現優異時，會給予一點獎勵，但買的禮物一定是書本。如果我盯著電視看，不但不給什麼好臉色，還會嘮叨說：「那麼有空，還不如去念書」。為了符合父母的期待，我好像從小學就非常熱中看書，父母當然很高興。但……不知怎地，後來我卻讀書讀過了頭。

當時，我家沒有很多藏書，更不用說什麼兒童讀物了。有的只是一套大約三十冊、霸占著整個書架兩層空間的百科全書。百科全書中包羅萬象，蒐集了從神話到科學的資訊內容，每冊都很厚重，這是因為

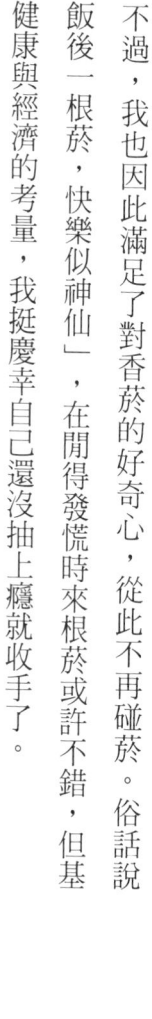

原本就是用來查資料用的。

某天，我從百科全書的第一冊開始讀起，就這樣花了幾個月的時間，不間斷地依冊數順序讀到最後一冊。父母對我熱中讀百科全書的模樣感到吃驚，起初讚美不已。但不知是否因為內容太有趣？（還是我實在太閒？）全部讀完一遍後，我又從頭開始讀起。父母的喜悅一度轉為疑惑，然後為我擔心不已。他們覺得，休閒時翻翻百科全書還好，但我卻完全沉迷其中，連作業都不寫了，只顧著讀百科全書。

讀完第二遍時，我把目標轉向圖書館，借了一堆書回家，完全不去運動，整天只關在房間裡。讀書成了我逃避現實的藉口。學業成績也一路下滑，父母開始怒斥我：「要適可而止」。不過，不知是否因為完全陷在讀書的魔咒中，我一直無視於父母的忠告。有時晚上還裝睡，蒙在被窩裡用手電筒的燈光偷看書。

當然這樣的「不良行為」，沒多久也被父母發現。由於擔心我深夜在床上看書，會變得視力衰退、睡眠不足；或是只顧著讀書，會變成陰陽怪氣的少年……父母的不安日益膨脹，不久就將書本全部沒收，並嚴格地監控我是否有在偷看書？

一般父母都會苦口婆心地希望孩子要翻開書本來看，我的父母反而限制我，這事聽起來或許有點奇怪。但大概也由於我的父母因應得當吧，我從此又恢復成為生活正常的孩子。

儘管如此，一旦上癮了就很難擺脫。所以，我成年之後還是無法完全戒掉讀書的癮頭。

那麼，只是「喜歡閱讀」和真正的「閱讀上癮」有何不同呢？的確很難分辨，但不妨檢視一些現象就可以理解。眼睛或腰都很痠了還是繼續閱讀的人、廢寢忘食地埋頭苦讀的人、因為看書而忘記與人有約的人——這些人都足以歸類為「愛看書」、「讀書讀過了頭」，甚至是「閱讀上癮」者吧！但是，用餐就座之後仍然繼續看書的人，並不算「閱讀上癮」……而只不過是「不懂禮貌」。

雖然這是很嚴肅的話題，但「閱讀上癮」和任何上癮一樣，都會對私生活帶來不好影響。正因為中毒太深，儘管被嘮叨「要適可而止」，往往無法做到。由於很珍惜這種對讀書的狂熱，所以我總是讀到「稍微過了頭」的程度才想停下來。如此可控制在某程度的上癮，雖然也算是上癮，卻又有點無可厚非的可愛。估且稱之為「小上癮」吧！

那麼巧克力上癮這事又怎麼說呢？

很多朋友都知道我偏愛巧克力，因此我很幸運地，收到巧克力禮物的機會大為增加。巧克力不可以吃太多，但沒關係，如果我恪守中庸之道、適量地吃就無所謂。有時我會拿去分享給其他人。不，其實巧克力出乎意外地很容易變軟，如果不自己一口氣吃完……哇——吃著吃著就又上癮啦！

還有這些諺語喔！

人人都有癖習，少則七種，多則四十八種。（日本諺語）

一個人的後半生完全構築於他前半生所養成的習慣之上。（杜斯妥也夫斯基）

我不用麻藥。因為我本身就是麻藥。（達利）

左多里の悄悄話

平常
飯店的餐廳都很貴ㄋㄟ—
一副難以置信的模樣……
啊
這家飯店雖然有點遠，但推出了「巧克力特製」商業套餐呢！
全部料理都用巧克力…
啥？
給我看一下!!
現在就出門的話，還趕得及去吃今天的午餐！
走吧!!快穿鞋！
真是……無藥可救

東尼度診斷①

【語言篇】

	Yes	No
Q1 採自學方式學習語言		0
Q2 相當喜歡漢字		-1
Q3 學習語言時最賣力的部分是「說」與「寫」		0
Q4 不太喜歡漢字注有假名		0
Q5 能夠用三種以上的語言數1~10		0
Q6 說話時不知不覺就用到文言文		0
Q7 遇上在意的詞彙就會想一整天		0

迷你診斷 以東尼的人頭數來計算

 ＝10 個……稱得上是語言學宅男（女）？

 ＝6 ～ 9 個……對語言頗有堅持！

 ＝2 ～ 5 個……一碰上語言，就很有自己的想法

 ＝1 個以下……理工科方面很行？

下次的診斷
→ P.53
綜合診斷
→ P.130

04

「問問看」主義

아는 길도 물어가라

就算知道路怎麼走，也去問人吧！

韓國諺語

我之所以喜歡旅行，可能是因為可以遇見陌生人。雖然各地的夜空、音樂、食物都各具魅力，但對我來說，「人」才是最重要的。雖然說跟同樣在旅行的人交談也很不錯，但我最享受的就是在旅途中與生活在當地的人接觸。

旅行迷路時，我一定會向人問路。不，就算沒有迷路我也會問。就像韓國諺語所說的：「就算知道路怎麼走，也去問人吧！」不管我們再怎麼清楚往目的地要怎麼走，也比不上當地人。問人既不會太花時間，也不至於對人造成多大的困擾。如此不但不會走錯路而早點到達目的地，和當地人接觸還可以增加旅遊的回憶。

如果要問路，最好先學會一些當地的語言。去從來沒去過的地方時，最先應該記住的詞彙就是「哪裡？」，如此就可以簡單地問「這是哪裡？」、「車站在哪裡？」等。如果向當地人問這類問題，有時可以簡單學到「左」、「右」等單字，當然也有時會完全聽不懂對方

連珠炮似的指示：「一直往前走，然後在下一個轉角向左轉之後往上爬坡……」。不過，大部分的人都會一邊說一邊指出方向，所以大致可以理解他所說的內容。

大家在陌生國度向不認識的人問路時，請注意以下三點：

首先①**不給人添麻煩**

——慎重選擇要向誰問路。不要問看起來很忙的人。也不要向感覺有點焦燥不安的人問路。例如，如果你不打算在市中心十字路口轉角處的店裡買什麼的話，就不要特地跑進去問路。店家只想做生意，可不想被人當成是免費的觀光介紹所。

其次②**避免無妄之災**

——有的人會因對當地不熟而被騙或被當成冤大頭。雖然很難分辨誰會做這樣的事，但還是希望大家能盡量培養識人的眼光，避免這類無妄之災。有人帶路時，如果對方只說些對他自己有利的事，就該立刻脫身。

最後③不接受過分的親切

——當然的確有那種很單純地說聲：「我帶你去吧！」，然後親切地把你送到幾公里外目的地的人。但即使你相信對方不是別有用心，也還是要有所顧忌，若非實在非常不清楚目的地，請不要過份信任陌生人的親切。

不過，世上也有不少在被問路時指錯路的人。像在問：「某某地方在哪裡？」時，不可思議的是會有人指向北方，也有人指向南方。這些人大部分都不是故意的，反而是太過親切了。

就算是當地人，也不一定會指對路。遇上不認得路的人，真希望他們能坦白一點說：「不知道」，但情況往往不是這樣，有的人還煞有介事地指出方向說：「啊，往那邊喲！」或許他們只是沒辦法回答「不知道」吧！也或許他們非常希望能對迷路的人盡一分心力吧！

我應付這種「因親切而裝懂」的人的策略，就是多問幾個人，而且通常是奇數，也就是問三或五個人。如此可以取多數的說法來決定要前進的方向。

向他人請益這種事，不一定只會發生在旅行時。如果在日常生活中實踐「就算知道也問」的原則，不但可以厚實原本淺薄的知識，還可以確認自己現有知識的程度。不管怎樣，最重要的是與人保持良好的關係。問題問得恰當，也有助於建立日後的溝通管道。

在現代社會中，大多數人都過著孤獨的生活，不太與住在附近的鄰人來往；特別是在有許多新居民搬入的新興都會區。但如果可以的話，最好能與周遭的人打好關係，就算只是透過一份薄禮也無妨。即使不親密，只是可以互相打招呼說：「平時真是多謝囉！」這種程度的關係也無妨。如果平常就和鄰居多少有些往來，那麼不論是發生了小麻煩或是嚴重的災害時，彼此之間可以有良好的溝通，並同心協力來解決問題。

在名言當中，尤其是人的「臨終之言」，有許多充滿智慧的話。舉例來說，貝多芬在臨死之前便說了一句非常瀟脫的話：「朋友們！鼓掌吧！喜劇已經結束。」畢卡索則是說：「祝我健康，乾杯！」獲得大家的祝福之後而辭世，這些名言都相當棒。我希望自己到了臨終那一刻，也能說出非常帥氣的話，但這只不過是期望而已。不過，我總覺得自己到時候不會說肯定句，而是說疑問句。那就是：「奇怪了，天國在哪兒啊……」

還有這些諺語喔！

- 就算是「萬」事通，不懂的時候還是請教單「一」領域的專業人士。（土耳其諺語）
- 掃把堅固耐用，是因為用一根根的稻桿編起來的。（坦尚尼亞的蘇古馬諺語）
- 我用手指了月亮，但你只看見我的指尖。（菲律賓塔加拉諺語）

左多里の悄悄話

說起東尼啊，就算在某窗口被拒絕，
對方都說了「不行」或「沒有」，
但若有其他窗口，
東尼一定會不厭其煩地
再去問一次（甚至問二、三次）。

雖然結果經常是無疾而終，
但也有幾次因而得到幫助。

樹の章

01 躁與鬱之間

塞翁失馬焉知非福

淮南子

「塞翁失馬，焉知非福」，看似一句簡單的諺語，但我認為其中有很深奧的哲學。將其淵源故事摘錄如下：

中國北部的邊塞附近住著一位老人。

某天，老人的一匹馬逃出了邊塞。老人對前來安慰的鄰人這麼說：

「不必安慰我，這說不定是件幸運的事呢。」

沒多久，那匹馬就回來了。還從塞外帶回來一匹駿馬。

老人就這樣多了一匹馬。而他這次對前來祝賀的鄰人說：

「嗯……但這說不定會帶來惡運呢！」

某天，老人愛騎馬的兒子，從這匹駿馬上摔下來，腿骨折了。老人又對前來探視的鄰人這麼說：

「這或許會招來好事。」

不久，塞外的胡人來攻打邊塞。村裡大部分的男丁都在該戰爭中戰死。但老人的兒子因為骨折沒能上戰場，所以逃過了一劫。

故事到這裡，以「他們從此過著幸福快樂的生活」的喜劇收場。

第一次讀到這故事時，的確覺得不錯，但它的Happy Ending多少給人意猶未盡的感覺。因為在我的想像中，這故事其實還可以有後續的發展。

沒能上戰場打仗的兒子，或許會對自己一個人苟活下來而感到內疚，甚至關在家中。不過，或許會因為太孤寂而發憤念書，變成一個博學多聞的年輕人。如此或許某天，該國遭遇到前所未有的大雨與洪水，而他正好利用累積多年的知識拯救村裡的人。啊……可是，村裡的某個人卻嫉妒成為英雄的他……

雖然是頗有道理的見解，但至少在我的想像中，「塞翁失馬」並非兩三下就結束了，而是永遠有下文的故事。但大概是因為寓言必須有某種程度的漂亮收尾吧，所以我們可以很直接地把它當成是具有諺語意義的故事來看就好。

這個「塞翁失馬」的寓言故事，真正想要告訴我們的教訓就是：「我們很難單從事情的表象去分辨幸與不幸。所以我們不必對幸與不幸感到過度失望或高興！」——我認為，這故事主要展現出一種「陰與陽」的關係，令人感到幸福的事物當中必定隱含著不幸；同樣地，令人感到不幸的事物當中也隱含著幸福。讀中文版「塞翁失馬」故事的時候，更會有這樣的印象。

在中文的成語故事書中，發生馬跑掉等不好的事情時，老人說：「說不定是件好事」，亦即「無法斷言一定就是件壞事」。意思就是，說不定現在所發生的不好事情本身，同時也隱藏了好事。反之，發生好事時，則「無法斷言一定不是壞事」。與其說這故事是在闡述「就算是發生壞事，隨後也必定會有好事」，倒不如說是勸人要以不同的眼光看待當下偶發的事情。

通常在有點失望時，會用到「塞翁失馬」一詞。不管周遭的人怎樣鼓勵你說「沒關係喲！別這麼沮喪」，或是你自己這樣勸自己，如果

找不到令人安心的理由，沮喪的心情往往還是沒辦法恢復。可是，如果能想到這句諺語原文的意像是「沒關係，說不定這是件好事」，多少就會受到鼓舞。

現在，已經很少人是以馬代步的了。所以，就算聽到「塞翁失馬」，也不會有太深的感觸。因此，如果要符合現代情境，故事的敘述應該是：某天，我家的車子逃跑了，可是不久後又自己回來，它帶回另一輛車。我很快地試乘了一下，卻被警察攔了下來。糟糕，它雖然是輛附車檢的「駿車」，卻也是一輛失竊的贓車……

還有這些諺語喔！

- 不幸之人須常懷希望，幸福之人得處處提防。（拉丁諺語）
- 肩負的重物裂開時，肩膀才可以休息。（西非迦納諺語）

左多里の悄悄話

例如，在路上跌倒時…

好痛…
真丟臉…
真衰啊…

雖然我
心裡這麼想…

如果不留意而繼續走，說不定會跌得更慘，連衣服都可能磨破。
說不定就在轉角處和車子碰撞…
說不定還會骨折。

我總是盡量這麼想像。

人們對已經避開的危險，
通常不會多操心；
反倒對已經發生的事情會情緒化地多作解釋，
不是嗎？

因為不清楚「事情的真相」，
所以最好往好處想。

呃，我是說…
盡量啦…

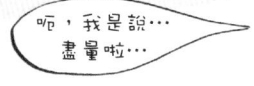

樹の章

02
心存善念，故我善良

善思、善言、善行

波斯祆教的經典
《阿維斯陀》（Avesta）

和人初次見面時，彼此的互動從較輕鬆的話題開始，感覺會比較好。從這點來看，名片對初次見面的人來說算是最具魅力的溝通工具。如果對方的名片設計得既有個性又美觀大方，最初的溝通往往會變得很順暢。此外，有些名片的作用甚至會超乎預期得好，雖然這種情況並不常見。

某天，我收到一張很特別的名片。對方是在路上巧遇的很久不見的朋友。我們站著聊了一會兒，他遞給我一張新名片。這張名片無論是大小、形狀，還有文字的設計都沒有什麼特別之處，但有句類似標語的文字，相當地醒目。

「善思、善言、善行」。

他本人沒時間說明這句話的意思，但不知為何我卻很在意。後來查了一些資料，才知道這是波斯祆教（Zoroastrianism）的基本教義。

據說，祆教誕生於二千五百～三千年前左右。它是古波斯帝國（現在的伊朗）的國教，對於伊斯蘭教、基督教、猶太教、佛教等影響深

遠。一般認為「天使」、「天國與地獄」、「最後的審判」皆源自祆教。

該教首先提出人類必須在善與惡之間作選擇的概念。對祆教徒而言，名片上的這句話，應該是他們每天必須念誦數次的「祈禱文」的一部分。而我則把這句話當成是勸人「選擇為善，不要為惡」的忠告而銘記在心。

早上一睜開眼，不論去上班或像平常一樣過日子，腦海中浮現的就是這一天應該做的事。「今天一天當中，都要思考好事、說好話、做好事」，不論你將這句話時時掛在嘴邊、或者只是稍作想像，都會覺得自己回歸到做人的根本。

拿到名片時，「善思、善言、善行」這幾個字為何會在我內心迴盪不已呢?或許因為這句話吻合了我從小被灌輸的道德觀吧!

小時候，如果我做了壞事，父母一定會訓我一頓說：

「你已經不小了，應該分得出好壞，不是嗎？」

問題就在於小孩「明知道做壞事不好」，卻偏偏還是去做了；也就是「儘管已經很清楚知道什麼是好的，而什麼不可以做，但為何還是明知故犯呢？」多少有點拐彎抹角地想惹人注意吧。以前，每當出現善與惡兩方面的選擇時，我都可以感覺到父母的期待是——不但不可以走歪路，還要好好選擇為善之道。

當然，不只是我家採取這種要孩子「選擇為善之道」的教養方式。一八八三年，義大利作家卡洛．柯洛帝（Carlo Collodi）寫了一本童話故事《木偶奇遇記》。在這本歷久不衰的暢銷書中，清楚刻劃出了「懂得分辨善惡，自行選擇為善之道」的道德觀。

在原著中，小木偶皮諾丘被描述為調皮搗蛋的小鬼，而想要引導小木偶往善良方向走的，是有如母親化身的「藍仙子」。她不斷地提醒皮諾丘要「做善事」，可是皮諾丘老是反其道而行。他不斷犯錯，所以慘遭一連串的懲罰：不但變成一隻驢子，還被迫做苦工，更被鯊魚吞進肚子。其實在最初的版本中，皮諾丘因為做了太多壞事，最後

被處以絞刑。（這個令人震驚的結局受到讀者的抗議，所以才改寫為小木偶變為人的快樂結局）。不過，小木偶所受的懲罰都不是來自父母，而是上天理應給他的教訓。所以，故事的重點就放在皮諾丘是否能從各種經驗中學習，並自行選擇「為善之道」。

雖然我不清楚柯洛帝是否直接受到祆教思想的影響，但《木偶奇遇記》一書的主題與「善思、善言、善行」的精神是非常一致的。懂得分辨善與惡之後，就看個人是否選擇為善之道。這道理非常簡單易懂。也因此，我們就不難理解這融合了數千年來古人生活智慧的教義為何能流傳至今。

還有這些諺語喔！

- 矛一旦射出，就無法制止。〔伊索比亞阿姆哈拉語（Amharic）諺語〕
- 良好的禮儀在市集裡可是買不到的。〔亞塞拜然語（Azerbaijan）諺語〕
- 寧為花園裡飛舞的蜜蜂，也不要變成垃圾場裡的蒼蠅。（印尼諺語）

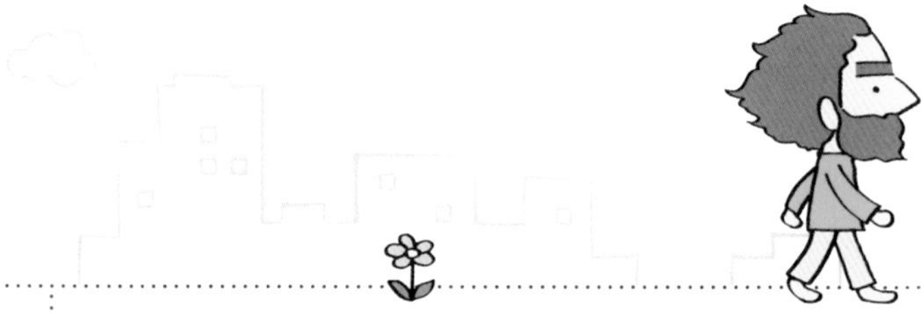

左多里の悄悄話

有時候，「使壞」還
真是吸引人！

愈是「這樣子不行！」
地禁止，就愈想要使壞！

不可以欺負東尼！
難道不想看東尼可憐兮兮的樣子嗎？

……於是，
經常經不起誘惑的我

東尼…對不起。

老是得道歉。

其他被「禁止」的是
「半夜的零嘴」…吃太多。

東尼度診斷②

【電腦篇】

		Yes	No
Q1	每台電腦都需要某種程度的調整		0
Q2	最喜歡有插座的咖啡廳		-1
Q3	會替自己的電腦取名字		0
Q4	愛用Mac或UNIX更勝於Windows作業系統		0
Q5	隨身攜帶自己的notebook		0
Q6	經常使用網上的自動翻譯軟體		0
Q7	最近很懶得拿筆寫字		0

迷你診斷 以東尼的人頭數來計算

 ＝10 個……你應該得了重度電腦上癮症喔！

 ＝6 ～ 9 個……平常有好好做運動嗎？

 ＝2 ～ 5 個……電腦只不過是一種工具

 ＝1 個以下……難不成你不懂電腦？

下次的診斷
→ P.59
綜合診斷
→ P.130

03 常懷信任心

Fide sed qui vide

信任吧！但須有識人之明。

拉丁語諺語

違背他人的信任就是「背叛」。仔細想想，「背叛」通常只用來形容同伴的行為。因為會繞到你眼睛看不到、毫無防備的背後偷襲你的，通常都不是敵人，而是你非常信賴的人。

有趣的是，在許多語言如義大利語、俄語、英語……中，都可以見到「背叛」一詞，用法也和日語相同。至少在歐洲一帶，由於羅馬帝國締造者凱撒的暗殺事件而使得「背叛」一詞有了比較定調的用法。當時，凱撒被數十個熟人團團圍住，身中二、三十刀後身亡。在參與暗殺人群中，連他視同兒子般養育成人的布魯特斯（Marcus Junius Brutus）也參與其中。我們不清楚凱撒臨終時說了什麼遺言。不過，經由莎士比亞的劇作，最廣為流傳的說法是凱撒在臨死前曾喃喃說了一句：「你也有份嗎？布魯特斯！」至於布魯特斯是否是從背後刺殺凱撒（在莎劇中，為讓觀眾看到兩人的臉，一般都是從腋下刺殺）尚未證實。不論怎樣，布魯特斯都成了史上最大的「背叛者」。

背叛就算想避也避免不了。幸好我很少有被背叛的經驗，不過也不是沒發生過。特別是最近在與經營相關的義工團體中，一名伙伴由於不滿團體的做法，竟然挾怨報復，以不正當的形式擅自公開會員的私人電子信件等，還洩漏因煩惱而前來諮商者的資料，嚴重傷害了團體的聲譽。

遭人背叛時，任何人最初的反應都是意志消沉。責怪自己太信任別人，甚至覺得「再也不會相信別人」。可是，人還是必須相信人，同時被人所信任。變得不相信人，絕對不會幸福。儘管如此，人的一生仍會不斷遇到「相信之後又遭人背叛」的情況。所以，重點還是在何時、要如何地相信某人。遭人背叛時理所當然地會覺得意志消沉，但也會因此看不清一些事情。這時，希望大家能想起這句非常有智慧的拉丁諺語：「信任吧！但須有識人之明。」（Fide sed qui vide）。其中的兩個關鍵字是「fide」（＝信任吧！）與「vide」（＝辨別）。

意思就是在告誡大家「信任他人很好，但要好好看清楚對方」。不擅長拉丁語的人，只要逼自己記住兩個關鍵字形成的句型「fide…但…vide」就可以了。

背叛是「應該感到羞恥的行為」。但或許也因此反而呈現出「信任」之存在的重大價值。拉丁語中還有句諺語是「Nihil prius fide」（沒有優於信任之物）。意思就是「信任是最好的」。

還有這些諺語喔！

- 誠實坦率待人，常因而受騙。即使如此，還是要誠實坦率。（德蕾莎修女）
- 任何人都不能免於誹謗。最好的方法是不予理會，過著清白的生活，就讓他們去說罷。（莫里哀）

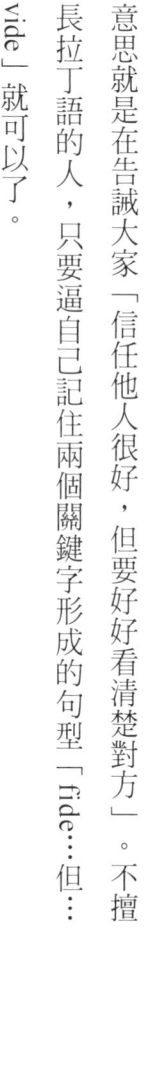

左多里の悄悄話

如果說「Hi-Fi」的「Fi」
是Fidelity（忠實），
「Video」是來自「Vide」，

那「Hi-Fi Video」就是
「忠實呈現畫質的影帶」。

喔？
這麼說明更容
易記住哩…
「Fide」就是要
「Vide」嘛！

東尼度診斷③

【食物篇】

	Yes	No
Q1 勇於挑戰從沒吃過的食物		0
Q2 每天都有好好吃早餐		0
Q3 從吃的速度就可看出你對某樣食物的喜好程度		0
Q4 左右手都可以拿筷子		0
Q5 曾把烤魚和蘿蔔絲分開來吃		0
Q6 青椒整顆吃也覺得津津有味		-1
Q7 能不剝葡萄皮就不剝		0

迷你診斷 以東尼的人頭數來計算

 ＝10 個……是否有人說你「最近有點變了」？

 ＝6 ～ 9 個……很享受「吃」這件事

 ＝2 ～ 5 個……偶而想要冒險一下

 ＝1 個以下……或許可從大口吃青椒開始

下次的診斷
→ P.67
綜合診斷
→ P.130

04 想做的事・能做的事・該做的事

東尼的內心話

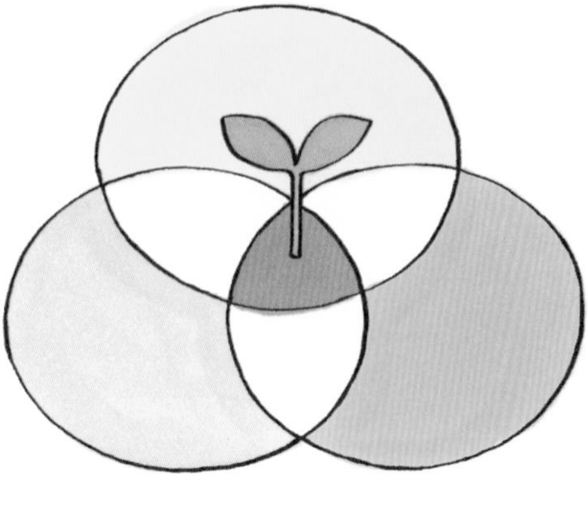

「你這輩子到底想幹嘛？居然連這種事都不知道！」任何時代的年長者都是這樣批評年輕人。可是，如此批評別人的人，就真的非常清楚自己真正想做的事嗎？

找出想做的事不是件簡單的事。哲學上有此一說：「即使不清楚想做的事也無所謂。」也有人覺得有想做的事毫無意義，所以從一開始就不打算追求。還有人秉持這樣的想法：「人終究只能屈服於命運。」

我自己則認為，只要經常以某種形式擁有「想做的事」就可以了。不妨靜下心來好好思考，而不必急著找出要做什麼。

假如你正在思考接下來的人生想做什麼，而如果一時難以決定的話，不妨換個方式，不要想「想做的事」，而是先將「不想做的事」列出一張表。這是一種消去法：「為了找出想做的事，要先知道不想做的事。」首先，大概寫出「真討厭做〇〇」之類的事。譬如，一整天一直坐在某地方就會很痛苦，不擅長電腦，或是不喜歡做瑣碎的事……等。有時會因此意外發現這樣的事實：「沒想到自己會那麼不想做一直以來所做的這件事。」

此外，有必要常常想起「如果可以那樣的話那多好」。譬如，真想做動物觀察，或是真想觀星……等，任何天馬行空的想法都好。我認為，理想與夢想就是要慢慢地琢磨。不要一開始就認定「這就是自己想做的事」，重點是逐漸地找尋。先以找尋「想做的事」為目標，就可以找出非常近似的東西。

當你有點了解到自己「想做的事」時，先停下來深呼吸一下。用意是希望你思考「想做的事」是否真的是「可以做的事」。下一步是誠實地自我分析。自己是否具有可以立即實行「想做的事」的技術或經歷，以及是否具有才能。如果嘗試去做做看也做不好的話，那或許就是合不合適的問題了。

如果抱持著「想要做」的強烈信念，比別人付出更多的努力，當

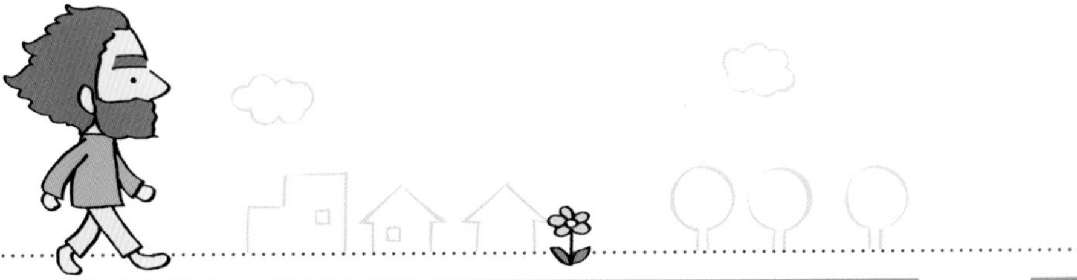

然就可以學會非常優秀的技術。如果連自己也覺得不合適，最好就果決地將這夢想排除在名單外。如果你沒有以強烈信念來努力的覺悟，希望你要有放棄的勇氣。由於還有其他的選擇，在還不清楚「想做的事」的期間，你可以在不造成任何人困擾的情況下慢慢地尋找。一邊掌握自己的才能一邊落實夢想，想清楚這夢想是否真的是想做的事，或只是一種嚮往而已。

「想做的事」與「能做的事」不會只有一種。有的人會有二、三種的人生課題。舉例來說，伊能忠敬就是這種人。他是江戶時代的商人，十八歲到五十歲都以經商為生，但此後學了幾年的測量。然後靠自己的雙腳步行進行勘測，完成了第一張日本地圖。

世上也有人像伊能忠敬一樣適時擅用自己不同的才能，也有人一邊工作，一邊成功經營著其他的事業。

若能從「想做的事」當中選出「能做的事」，接下來要考慮的就是「該做的事」。自認為想做的事是否就是「該做的事」呢？如果將

「想做的事」與「能做的事」拿來比較，的確有點難以判斷。我通常是以下列三點來評斷。

①對社會是必要的？

②世人會欣喜接受？

③不會對世人造成困擾？

如果答案都是「YES」，或許就是「該做的事」。不過進一步地深思，還是依個人的情況作判斷比較好。

或許有人認為思考是否是「該做的事」，未免太多此一舉。但我認為，好的事業大都具備這樣的要素。就連伊能忠敬的地圖繪製，也不會只是因為他想做而去做。他一定有這樣深思熟慮過：「如果有日本地圖，可以幫助多少人！而沒有地圖，大家一直以來是多麼地辛苦啊！」因此，促使他產生了「應該要做」的使命感，這也是他繪製地圖的原動力。

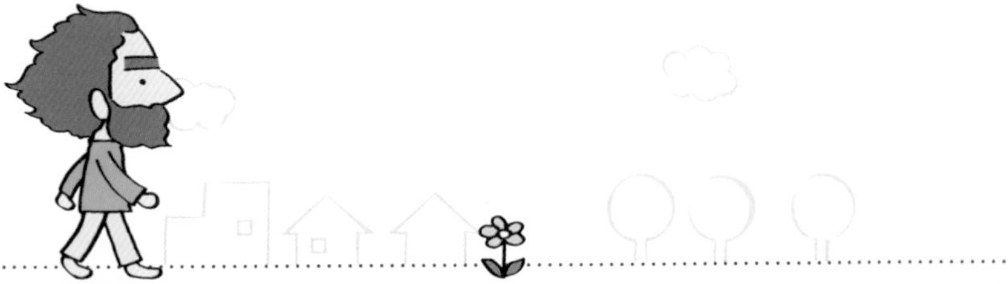

在找不到「自己究竟想做什麼」而感到痛苦時，不如先思考一下「該做的事」。這樣至少可以轉換一下心情……吧！

還有這些諺語喔！

- 能做的人說不想做，想做的人說沒能力做，而懂得做事方法的人卻說不做；結果做事的人全是不懂得做事方法的人。就是因為這樣，社會盡朝壞的方向走。（義大利諺語）
- 在不違背自己的道德觀下，做正確的事。（艾西莫夫）

左多里の悄悄話

我家的老媽
「想做的事」年年增加。

現在有七件事想做囉——
雖然只是夢想啦！
不錯啊！
總覺得有可能實現呢！

我認為，有「想做的事」
就是一種「希望」。

人光是找到「想做的事」
就很幸福了，不是嗎？

東尼度診斷④

【外貌篇】

	Yes	No
Q1 只有不幸的時候才穿得一身黑		0
Q2 用洗髮精洗頭後不用潤絲精		0
Q3 不戴手錶		0
Q4 每個月一定去一次美容院	-1	
Q5 覺得盤腿坐比正經八百坐著輕鬆	0	
Q6 對名牌不太感興趣		-1
Q7 總有兩根以上逆著長的眉毛		0

迷你診斷 以東尼的人頭數來計算

＝10 個……坦白說，就是「自然派」……

＝6～9 個……參加婚喪喜慶時照一下鏡子再出門吧！

＝2～5 個……討厭不規矩的裝扮？

＝1 個以下……完美的時尚人士？

下次的診斷
→ P.84
綜合診斷
→ P.130

05 節骨眼上

三十而立

孔子

中國春秋時代的思想家孔子，在《論語》中提出他個人很有名的人生觀。

吾十有五而志於學。
三十而立。四十而不惑。
五十而知天命。六十而耳順。
七十而從心所欲、不踰矩。

「十五歲時立志向學，三十歲時能堅守志向並在社會上立足，四十歲時能明白事理而不迷惑，五十歲時能了解宇宙萬物的規律，六十歲時一聽別人的話就能明白貫通，到了七十歲就可以凡事順心而為，不會犯錯。」

我是在二十八歲時知道這首詩。那是個非常好的時機，因為當時的我對於即將年滿三十歲的事實有點神經過敏。身邊幾個比我年齡大的朋友，正好都過了三十歲，大家都顯得有點失落。與其說他們想永遠停留在二十幾歲，不如說他們因為覺得責任感會開始變重，而不想太快踏入三十歲吧！

看到他們的反應如此，面對三十歲的關卡時，我也有些消極起來。

某天，我看到了孔子所說的「三十而立」之後，心境突然改變了。我不太清楚「而立」是什麼意思，但至少覺得這句話是在建議我們「好好秉持自己的『信念』」，「在三十歲之前，做好邁入另一階段的準備」。

這樣一想，很不可思議地，積極的心態便油然而生。我的確再過兩年就三十歲了。那一天來臨時，我希望自己變成什麼樣子呢？認為到時自己做什麼工作、身處在怎樣的環境才理想呢？想像兩年後的自己，不是那麼困難的事。「三十而立」這句話給了我機會好好準備人

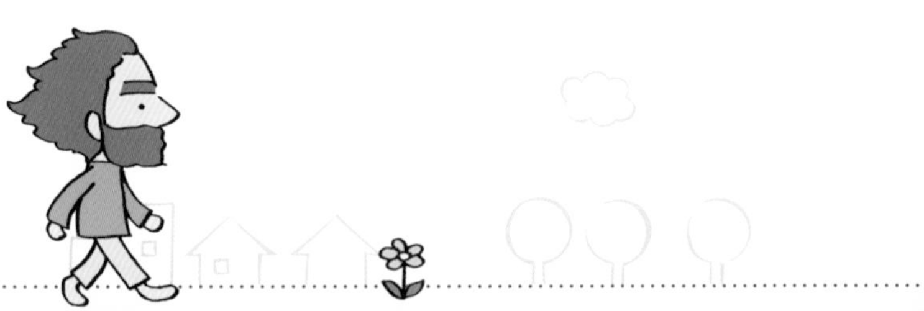

生轉捩點之一——三十歲的到來。

若進一步好好研讀整段話，便可理解話語中所提倡——到七十歲為止，每隔十年是人生一個階段的哲學。

人類本來就是一種很容易在人生關卡前後感到失落的生物。儘管每年都增長一歲，但每逢十年就會突然覺得自己變老，深感已不再年輕的衝擊。人生要分階段才好，這樣才會產生各式各樣的契機！

孔子所說的人生六個階段中，我最喜歡「三十而立」。總之，我被這句話所救。還有六十歲的「耳順」也很中聽，意思好像是「可以很安心傾聽別人所說的話」。想像一下，當你活到六十歲，因為生活閱歷豐富，所以無論聽到任何事再也不會覺得心驚，而且很自然就明白事物的道理。這句話也在勸人要及早累積各種經驗，誠懇地傾聽身邊的人說話。

和孔子的時代相較，現代人的壽命已經延長許多，受教育期間也很長。孔子的教誨或許不完全適用現代人的一生，但其精神仍然存在。

不知有誰能寫七十歲以後的建言呢！

百歲就很簡單。「到百歲」……「已無所懼」了吧！

還有這些諺語喔！

- 與其事後受驚，不如事先抱持戒懼之心。（匈牙利諺語）
- 若等待動物完全現身後才射矛，就只打得到動物的尾巴。〔坦尚尼亞斯瓦希里語（Swahili）諺語〕

左多里の悄悄話

某位朋友聽到：
祝妳生日快樂！
之後，
沒什麼好祝福的，只不過是又多了一歲……
她居然這麼回答。
我了解她的心情～～
不過，為何不這麼想：
這一年來平安無事地迎接生日！所以值得祝福！
除此之外，活了幾十年後，人還是會邁入「引以為傲的年齡期」。
我87歲喔！
看起來好年輕！

06 獨立之後再結婚吧！

Cseréptálhoz fakanál

陶盤要配木匙

匈牙利語諺語

我有很長一段時間深信：「人」這個字形是代表兩個人互相支持的樣子。因為在我學日語的八〇年代後半時期，某個人是這麼教我的：「第一劃代表男性，右邊比較短的一劃代表女性。男女如果結婚之後，要互相扶持，合兩人之力開始成家立業。」

直到今天還經常聽到這個字代表兩個人。不過，不再聽到兩筆劃各自代表男女的說法。如今回想起來，將這說法介紹給我的友人，大概是在通俗說法上加上他自己的男女觀吧！他好像很擔心我眼看就要三十歲卻還孤家寡人一個。關於「人」字的解釋，或許還包含了催促我「快點結婚」的意思在內。

我毫不質疑他的說明，就這樣相信到今天。不過，我心中一直很排斥「一半加一半才是一個人」的結婚觀念。仔細想想，也有人表示：「人直到結婚前都是不成熟的。」這種想法未免太過消極，人在還不成熟的情況下結婚，真的好嗎？

反正要在一起，至少著眼於「1＋1=2」的關係，而不是「1/2＋1/2=1」的關係，不是比較好嗎？也就是說，雙方應該在各自獨立之後再結婚[†]。

我所說的獨立是指可以大致自行處理日常生活瑣事，包括做飯、洗衣服、工作、和周遭的人溝通……等。簡單地說，就是一個人可以好好過生活的意思。

當然，也有人因為某些原因而很難處理好這一切。即使如此，只要積極地去做自己能力範圍內的事，就是很棒的獨立自主。相反地，在公司表現優異的精英份子，在家裡卻嫌麻煩地什麼事都不做、全推給家人，這種人就稱不上獨立自主。所以，獨立自主的重點就是成為精神上獨立自主、盡可能不依賴他人的「大人」。在滿足上述的條件之後，再與自己契合的「真命天子（女）」結婚是最理想不過的了。

可是，何時才可以遇上這樣的對象呢？誰也不知道。即使你有喜

†：我認為所謂「結婚」是指：「若能找得到一個伴、一起生活、一起變幸福豈不是很好」的狀態。本文中提及「結婚」這個詞的時候，都是以此為標準的。

歡的人，也不保證能成為「1＋1=2」的關係；沒搞好的話，反而有可能變成負分。所以，你要有這樣的覺悟，最壞的情況是說不定遇不到「真命天子（女）」。當然，如果夠獨立自主的話，一個人也可以生活得很好。說不定抱持「沒找對人而痛苦一生，不如單身來得好」的心情還更好。因為婚姻不是人生的全部。

雖然如此，我不認為單身就比較好。人可以因為婚姻的磨練而更加成長，有人相伴可以更加掌握幸福。不過，和維持和平一樣，婚姻也必須不斷努力地維繫。想要婚姻長長久久，當然要相互忍讓、彼此調整自我。

所以我認為，男女朋友之間最好能在結婚前有幾次的小吵架。如此才能了解對方什麼時候會生氣？為了什麼會起摩擦？在這種時候彼此會有什麼樣的舉動？而最重要的一點就是在與對方起衝突或忍受壓力之後，是否可以調整關係。奉勸大家如果對這些事還沒把握，就不要結婚。不論是多親密的情侶，都會吵幾次架。所以，婚前的測試期最好一直持續到了解對方最真實的一面為止。

不妨兩個人一塊兒去購物，看看是誰去拿購物籃。對方是否會很快去拿，還是要三催四請才去？

有偶然發生的事情更好。在咖啡廳身上不小心被服務生潑到水時，對方是發怒呢？還是笑笑地帶過？還是一副慌慌張張的模樣？

盡量去各種場所約會，用心改變每次聊天的話題也是不錯的計策。

此外，想充分了解對方的祕訣，就是不要每次都是兩個人約會，也要找機會和其他朋友一起相處。如果老是兩個人約會，彼此一定會想盡辦法只讓對方看到自己最好的一面。如果有其他人在場就會發生各種情況，如此一來就可以看到對方各種不同面貌。

你必須要像在佈陷阱似地非常用心去觀察那個你所愛的、說不定是命中註定的人。不過，如果決定廝守一生之後才發現「慘了」，對方不是你心目中理想的對象，那已經太遲了。

對我而言，結婚的大前提是既然決定相守在一起，就不可以輕易地說「分手」。即使對方有外遇，即使產生了令人難以忍受的性格不合問題，也要有不至於要分手的覺悟。因為「結婚」兩個字當中，不是有個「結」字嗎？去看看各國的婚禮習俗就可以明白，結婚都是將男女繫在一起，互相約束。甚至有真的用繩索將兩人綁在一起的儀式，以象徵兩人永不分開。

絕對不可以把婚姻當兒戲。如果沒從一開始就好好選擇對方，結局往往是必須忍受和自己不合的人長期生活在一起。如果你的想法是「萬一處不好，就離婚解決嘛」，那就大錯特錯。不管是為了什麼原因離婚，一定伴隨著相當大的痛苦。

匈牙利有句諺語是「陶盤要配木匙」。這句話是在比喻結婚的男女關係就像盤子和湯匙一樣：「任何人都有『正好合適的對象』」。同時也勸人「不論要花多少時間，都要找到那個人」。

我擅自將這句諺語的解釋加油添醋一番。我的想法是誰都有「命中註定的人」，但他一定是「眾多『正好合適的對象』當中的一個」。如果自己是陶製的盤子，命運之繩所牽繫的對象就是木製的湯匙。不過，那命運之繩不會只有一條，其他的命運繩子還牽繫著石製的湯匙或銀製的湯匙、陶製的湯匙。

上述的意思並不是說我是個多情男。而是即使遇見了心目中認定的「真命天子（女）」，心理上也別太過興奮了。只要你認為這樣的人世上不只有一個，那麼你就可以冷靜地看待與眼前這個人的相遇。但不可否認的是，這樣多少有點不太浪漫。

至於我自己則認為，我和太太之間有種緣份。她當然是我「命中註定的人」。可是，對和她相遇而結婚的我而言，或是對和我相遇而結婚的她而言，世上應該還有其他「正好合適的對象」。而且可以想像那對象不一定是在日本國內，說不定在世界各大洲至少都有一個。「正好合適的對象」多的人，或許對象是散居在各地，譬如長野縣有

一個、島根縣有另外一個。如此天馬行空地想像一下，和「命中註定的人」相遇的可能性也大增了。只不過天馬行空的想法要有點限度，否則如果認為各鄉村市鎮都有一個「正好合適的對象」，或許就太過貪心了。

順便提一下，經過調查，我終於了解「人」這個字原本就不代表兩個人，而是從旁看到的一個人的樣子。

所謂的「人」，首先就是要能一個人獨立自主地生活。在此前提下，才能與命中註定的人、或是其他的人互相扶持吧。

還有這些諺語喔！

- 看似和平相處的兩個人，其中一個一定是好人。（北非卡拜爾語（Kabyle）諺語）
- 人生的教訓：所謂的相愛是兩個人的臉朝同一方向看，而不是互相盯著彼此的眼睛看。（安東尼．聖修伯里）
- 靠自己的腳比靠別人的腳站得穩。（冰島諺語）

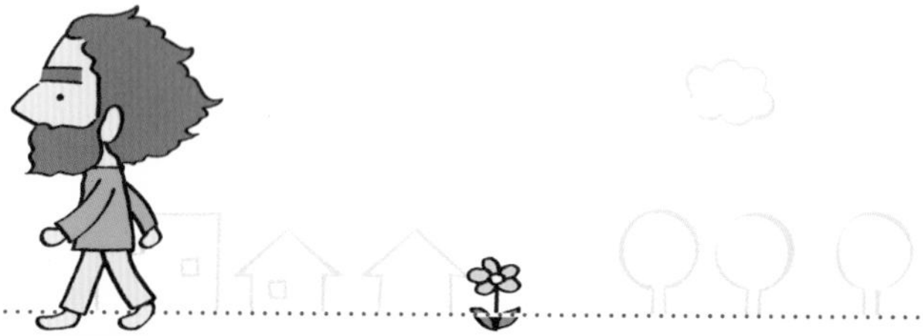

左多里の悄悄話

「人」字的
演變方式：

這手勢像不像是
「人在求什麼」？

考慮是否要
和某個人廝守時，
「人生要求的是什麼？」
是相當重要的課題。

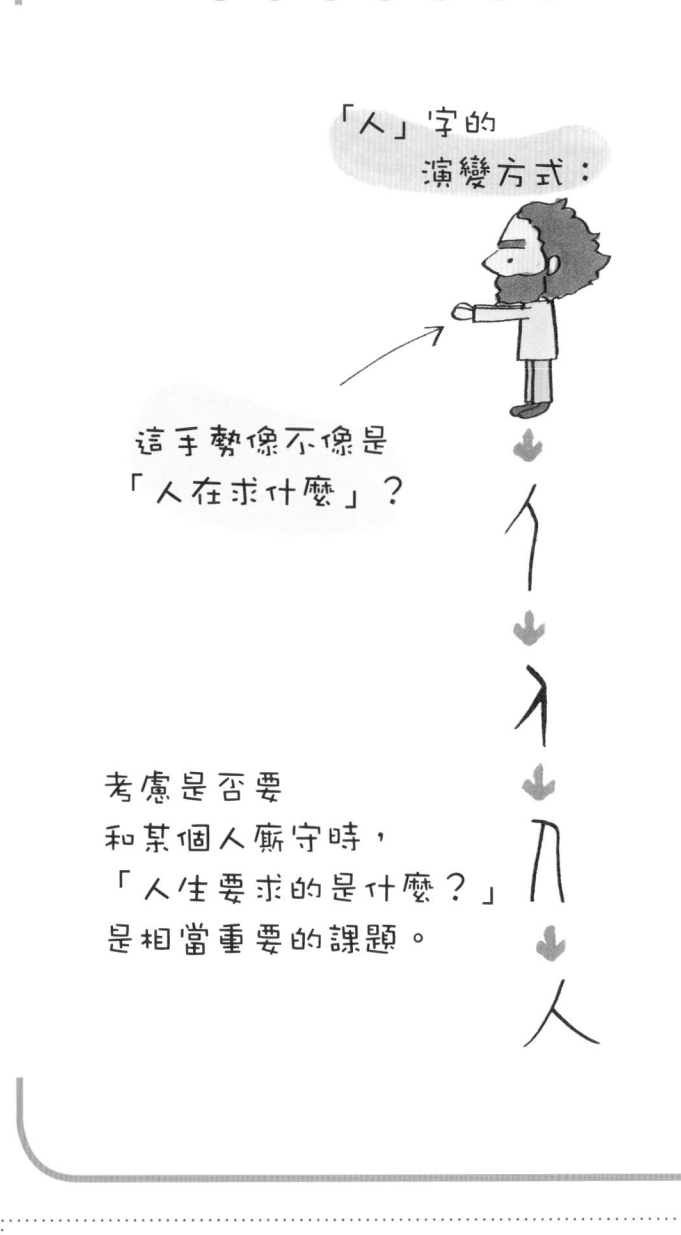

東尼度診斷⑤

【嗜好篇】

	Yes	No
Q1 曾去過十五個以上的不同國家		0
Q2 喜歡報紙的味道		0
Q3 會把書腰當書籤使用		0
Q4 喜歡可以一起聊八卦的店員		0
Q5 每天都想嘗試一點小冒險		0
Q6 認識十個以上不清楚其姓名、長相、年齡的人		-1
Q7 每次都選羊肉口味的印度咖哩		0

迷你診斷 以東尼的人頭數來計算

 ＝10 個……好像有很多朋友

 ＝6 ～ 9 個……有不少新鮮話題吧！

 ＝2 ～ 5 個……你對周遭事物毫不關心吧？

 ＝1 個以下……相當固執、不知變通……

下次的診斷
➔ P.107
綜合診斷
➔ P.130

實の章

01 「判斷力」比「黃金律」重要

Do not do unto others as you would
that they should do unto you.
Their tastes may not be the same.

己所欲，勿施於人。人的口味未必相同。

蕭伯納

日常生活中最幸福的一件事，就是在人滿為患的電車上有位子坐。不過，所有搭電車的人都在覬覦這件事。即使是一位紳士，看到附近有空位也會覺得很幸運而跑去坐。不過，我希望大家還是應該將寶貴的座位讓給後來上車的老人家。而且不管哪裡的座位都一樣，不只是「博愛座」才讓坐。讓坐給老人家、孕婦、行動不方便的人，不應該是為了發揮道德觀，而是一種禮貌！不過如果是我的話，我起碼會保持一種「黃金律」†風範，那就是「己之所欲，施於人」。

「黃金律」一詞出現的很早，最早是出現在約四千年前的古埃及文物中，不久被陸續記載在許多宗教經典中。後來的記載形式多少有些變化，但漸漸地在各地以「人們行為準則」的道德基本形式固定下來。順便提一下，在日本是崇尚《論語》中「己所不欲，勿施於人」的價值觀。雖然這也是一種「黃金律」，但由於是否定句，所以稱為「否定形黃金律」。我們經常可以聽到父母對孩子說：「你很討厭自

†譯註：「黃金律」（The Golden Rule），泛指具道德規範的法則。

己被打吧！所以不可以打別人！」這就是一種黃金律。

其實讓座的方法可說五花八們。我有很長一段時間，總是以「如果是我，希望別人這樣對我」的想法，勸站得很辛苦的人坐下來。不過，即使你有意讓座，有的人會基於以下的幾個理由，沒有坐下來。例如，馬上就要下車，所以客氣婉拒；或是理由很單純，就是不想坐。也或許對方覺得受人恩惠卻無法回報是一件很痛苦的事吧！

經過幾次想要讓座卻被對方直接回絕說：「不必了」的經驗之後，我改變了想法。我不再直接站起來讓座給對方，而是以間接方式空出座位。我把這種方式取名為「戰略性的讓座術」。

如果有老年人上車，我會等著和那個人眼光交會。如果對方有往我這邊看，接下來我就會做出將包包拿在手上、拉扯一下衣服、往窗外看等動作，以身體語言暗示對方「我要下車囉」。有時，為了確實傳達這些暗示，需要不錯的演技。如果對方不太注意我的動作，這時我就會判斷他是「不想坐的人」，然後裝作若無其事的樣子，繼續坐在

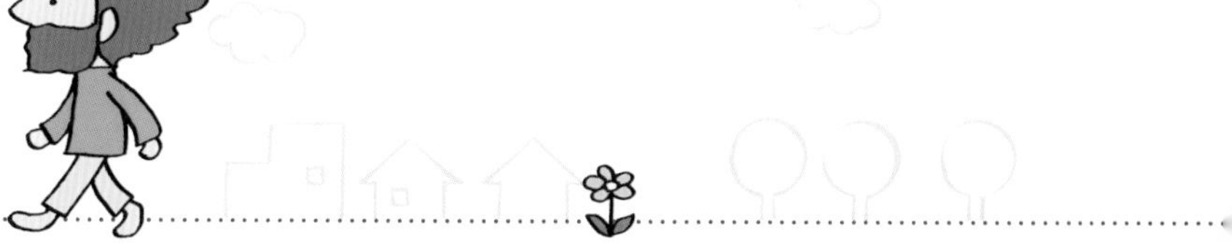

原來的座位上。可是，如果對方有意要坐下，我就進展到下一步。

我會一邊慢慢地站起來，一邊像在自言自語地小聲說：「啊，得下車了。」雖然不能保證老人家可以比其他乘客快坐到座位，但我會盡量在離開時從人群中擠出一條通道給對方。

如果能順利「換位子」成功，就進展到最後一步。我不但裝出要下車的模樣，還不能呆呆站在原地。我得慢慢往出口靠近，一副急著要下車的模樣，而且在不讓對方發現的情況下，迅速地往隔壁的車廂移動，這樣才能達到目的。所以，我看起來只是盡力在幫對方保留座位，而不是讓座給對方。至於對方是否要坐下來，就看他自己的心情。

在電車上是否要讓座的問題，最好不要以「黃金律」為標準來考量。比「要是我就會想坐」的想法更重要的是，考量對方的心情和需求。此外，還有其他不遵守「黃金律」比較好的情況。舉例來說，如果對就是喜歡別人「苦毒」他的「受虐狂」實行「己所欲，施於人」，身邊的人必定遭殃。

此外，還有殖民地與「黃金律」的歷史方面問題。殖民者在建立殖民地之際，強行將自己的語言、習慣、宗教等加諸受殖民的一方，即使破壞了對方的生活習慣，也以「如果是自己的話，一定會覺得獲得別人優秀的文化是很幸運的」這種歪理來合理化侵略行為。

如果修正為「給對方他想要的東西」又如何呢？這也不算是「黃金律」。因為，我們不可以因為發了瘋的人想要殺害某人而提供他想要的凶器，不是嗎？

如果「已所欲，施於人」或是「給人想要的東西」都不可以拿來當準則的話，那麼我們應該如何思考是好呢？

關於這點，劇作家蕭伯納（Goorge Bernard Shaw）在《人和超人》（Man and Superman, 1903）中留下了一句名言。

「己所欲，勿施於人。人人的口味未必相同。」

這句話一針見血地將「黃金律」挖苦了一番，更意外地給予人們對於「為何要施於人」的質疑，一個隱含著意義的答案。人際關係是複雜的，誠如蕭伯納所說的，人人的口味未必相同。冷靜地想想，再怎麼麻煩，還是得依照不同的狀況來判斷應該如何應對。

「以眼還眼，以牙還牙」這句話貼切表達出「如果受人欺侮，就只回報受欺侮的部分」的想法。這句出自《漢摩拉比法典》的名言，至今還經常有人提及，有人甚至把它當成行動的準則。在印度獨立運動中，甘地曾經揶揄過這句話，他說：「如果一直『以眼還眼』，人類將變得盲目。」甘地和蕭伯納的做法很類似。兩人都小小玩弄了一下自古以來存在的法則，而給人們帶來一些衝擊。也就是說，他們是透過幽默的手法，使人們思考嚴肅的課題。

不過，蕭伯納對「黃金律」的省思似乎更為強烈。他留下的另一句名言是：「世上沒有『黃金律』，這就是唯一的『黃金律』。」真不愧是蕭伯納。

俗話說：「規則是為了讓人打破而存在的。」果真如此的話，或許我們也可以說：「『黃金律』就是為了讓人挑剔、被人挖苦而存在的。」

還有這些諺語喔！

- 兩位客人，各有其喜好的歌曲。（肯亞吉庫尤語（Kikuyu）諺語）
- 敵人跌倒了不必竊喜，但也不必幫他們再站起來。（希伯來意第緒語諺語）

左多里の悄悄話

面對重要的人時，
心裡總想著要「替他做些什麼！」
但是，
有時候情況會是
「最體貼的方式
就是不做任何事」。

例如：

一個人快要想出答案的時候…

或是忙著準備出門時…

或是丟保齡球的瞬間…

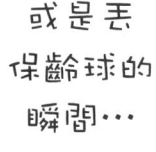

02 悄悄地「日行一善」

ปิดทองหลังพระ

在佛像背後貼金箔

泰國諺語

在泰國，人們到寺廟參拜時，有買金箔貼在佛像身上的習慣。此舉在日本就類似捐香油錢吧！以金粉做成的金箔，售價並不貴，買它的時候就等於是在捐香油錢。

雖然大家都是將金箔貼在佛像上祈福，但仔細一看，可以發現大部分的人都是將金箔貼在佛像正面。或許是因為大家只能朝著佛像的正面叩拜，也或許是因為這樣才能看到佛像的尊容，所以比背面更具魅力吧！

不過，可以再想想其他的理由。將金箔貼在佛像正面，不論是貼上去的金箔或是正在貼金箔的自己，都容易吸引別人的目光。也就是說，貼金箔的舉動在不知不覺中起了一種作用，希望不管是廟裡和尚或是別的認識的施主都好，能認同自己的布施。

所以，泰國有句諺語是「在佛像背面貼金箔」。就是在鼓勵大家要不為人知地助人、默默行善。即使不能每天做到，但重要的是要回應這樣的鼓勵。

例如，許多人在大災難發生後都想捐款給災區，此時，凝聚每個人的貢獻形成一股支持的力量，可以說比大肆公開某個人的善意更重要。

原本在佛像上貼金箔，就在傳達聚沙成塔的美意。即使金箔很小一片，但經由許多人的小小奉獻，佛像被貼成美麗的金色。所以每道黃金光芒，都代表著每位布施者的心意。而這些人不著痕跡、悄悄地貼金箔的用心是最重要的。

此外，幫助人時一定要考慮到一點，直接幫助是否是最好的方法。除了一些臨時反應不過來的情況外，即使有人大喊：「救我」，還是要好好聽聽對方的理由，並考慮自己的狀況之後，再想一想自己該怎麼做。舉例來說，假使已經有人在幫助那個人，你不一定要直接出面，可以間接貢獻一己之力或是在背後支持。

如果這類援助系統運作得好，不但可以搭救求助的人，也可以使有心助人者照計畫地順利達成他的目標。而間接幫助人的自己，也成就了在佛像背後貼金箔的善舉。如此豈不是皆大歡喜？如果由許多人間接幫助別人，功勞自然不會落在某個特定的人身上，而被當成是「大家」的貢獻。所以，漸漸就會有「愈來愈多的人前來貼金箔」。這也沒什麼不好。

當然，有時你也希望自己做的善舉能流傳後世。這時，可以大方地在佛像正面貼金箔啊！宣揚自己的善舉，絕不是件壞事。世上也有不少人是以個人名義，或是法人、團體的名義開創了可以助人的事業。這類的事業，首先要獲得社會的認可。當已成功的事業成為實際成績，有了實際成績，就更容易開創另一個事業。反之，如果沒能做出成績，不論有多少的善意也很難造就事業。

不管是光在佛像正面貼金箔，或是光在佛像背面貼金箔，都只會造成不平衡的結果。正因為時時刻刻有人在正面貼金箔，也有人在背面貼金箔，佛像才能全身散發出美麗的光芒。

還有這些諺語喔！

- 很快捐出善款的人，不會再捐第二次。（拉丁語諺語）
- 做了好事之後，就拋諸腦後吧！（阿拉伯諺語）
- 自己的東西就是要送人的。向人隱瞞的東西，總有一天會成為別人的。〔印度坎那達語（Kannada）諺語〕

左多里の悄悄話

有時候大概是
因為有人公開說「我捐錢了」，
才使大家跟著產生了
「那麼我也捐吧」的想法吧？

不管這樣的捐款是被說成
「偽善」、「沽名釣譽」
或是
「自我滿足」，
即使真的是這樣，
還是可以讓某處的
某人因此買得起麵包。

03 我的幸福就是你的幸福

自利利他

我的幸福與你的幸福息息相關

佛教教義

帶小孩搭飛機時，如果因氣壓驟降而氧氣罩從上面掉下來，你會怎麼做？

小孩沒辦法自己戴氧氣罩，所以先想要幫小孩戴是很自然的反應。因為人生剛起步的孩子的命比自己的命重要。

可是，根據機內播放的安全措施說明影片（雖說只是航空公司製作的片子），大人應該先自己戴好，再幫小孩載氧氣罩。理由很簡單，如果凡事以小孩為優先的大人在中途因氧氣不足而失去意識，雙方反而都會沒救。因此即使內心覺得不安，至少在談論飛機氧氣罩的問題上，合理的作法是先處理好自己，這樣別人才能仰仗你。

在一篇寫於近四百年前的隨筆中，哲學家培根主張：「幫人不要幫過頭」。

在別人背後駁斥其言行是很惡劣的行為，但我稍有不同的見解。在義工活動的現場，經常可以看到因為過度幫助他人而使自己的生活過

得亂七八糟的人。當然不管是誰，在災區或醫院等處見到需要緊急救助的人，都會動了惻隱之心。不過，如果稍不留意，自己沒攝取充分的營養或睡眠，身體就搞壞了。偷雞不著蝕把米，有時反而讓事態變得更嚴重。有時候，人好過了頭就會這樣。

「因公忘私」（完全犧牲了自己而奉獻給公務）可說是東方版培根思維，聽起來也非常冠冕堂皇。可是仔細想想，真的將自己消滅掉的人，不就沒有任何東西可以再奉獻給其他人了嗎？

對我而言，「自利利他」的佛教教義，顯示了更好的助人方法。

如果去查《廣辭苑》上的解釋，那麼「自利利他」的定義就是「自行修行而悟道的同時，才可以弘法他人」。由於是佛教用語，修行的最大收穫就是「悟道」，所以將「利」字解釋為「悟道」。

雖然我也曾妄想過「如果能悟道的話」，但現在修行資歷幾乎等於零的我，自己都還沒有悟道，更不可能去開悟別人。而且也不清楚自己是否會有悟道的一天到來。因此，儘管這麼說有點任性，但我認為「利」不解釋為「悟道」，而是指自己唾手可得的「幸福」。換言之，「自利利他」可詮釋為「考慮到自己，也顧慮到他人」的意思。

世上有每天顧著幫助別人、自己卻搞到蓬頭垢面的人，也有正好反其道而行的人，即那種只追求自己的利益，而對他人的幸福毫無貢獻的人。其中也有真的被欲望蒙蔽而完全不顧周遭之人的利益的人。

不過，世上還有更多這樣的人：雖然想替別人做些什麼，但光是顧慮自己的事就精疲力盡了。這些人或許就和認為「雖然現在不能盡孝道，但總有一天會做」的人立場一樣。如果真能做到孝順父母，那是再好不過的了。不過，真的有心「想要做」的話，也不會只是口頭上說說而已，光是有心要做這點就足以令人活得美麗自在。想要「利

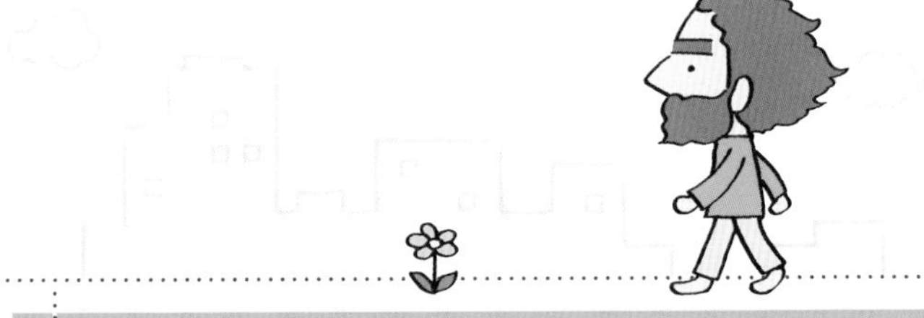

他」卻往往辦不到的人也一樣。對於這類的人來說，「自利利他」就是很好的一句關鍵詞。就像「利他自利」一樣，如果先具備了「利他」心態，就不必老想著偉大的助人計畫，萬一辦不到，內心反而會積累許多的不滿呢！將「利他」擺在後面，可以想成是「要人量力而為」助人。

我的幸福與你的幸福息息相關。誰不是為了自己在忙碌，「自利」並不為過。不過，千萬別忘了也要「利他」。在有能力時，盡自己的力量以能力所極的方法去做就夠了。

†我通常不會考慮「自利」與「利他」的順序，一般都是將兩個詞合併在一起。有人解釋為「能自利之後，自然就會利他」，但也有人的解釋是「利他就等於是自利」。

還有這些諺語喔！

- 別走在我後面，我不一定會引導。別走在我前面，我不一定會跟隨。到我身旁一起邁步向前吧！（烏德語諺語）
- 老實人，通常會被鄰人稱為「阿呆」。（荷蘭諺語）

左多里の悄悄話

「發明」也是「自利利他」的一種形式？

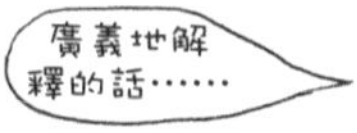

廣義地解釋的話……

據說，可以經由解決自己認為不便的事，連帶也帶給別人方便。

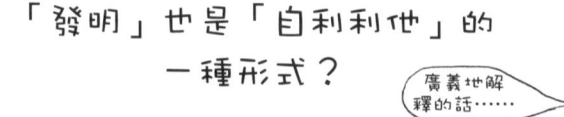

我也來想想能不能發明點什麼。雖然只是想想而已…
經常這樣呢…
你該不是想要獲得專利而趁此大撈一筆吧？
嗯嗯～
才不是呢！
是要幫人、利他啦～

東尼度診斷⑥

【日常篇】

	Yes	No
Q1 改不掉的怪癖超過兩個以上	[頭像]	0
Q2 永遠記不住自己家裡的電話號碼或住址	[頭像][頭像][頭像]	0
Q3 最常用的電視搖控器功能是靜音	[頭像]	0
Q4 外出倒垃圾，會想順便散散步	[頭像][頭像]	0
Q5 曾經忘記慶祝自己的生日	[頭像]	0
Q6 早上要靠鬧鐘才能起床	0	[頭像]
Q7 最擅長的是仰泳	0	[頭像]

迷你診斷 以東尼的人頭數來計算

[頭像]＝10 個……你的觀察力比記憶力好

[頭像]＝6 ～ 9 個……只有家中的鑰匙不會忘了帶

[頭像]＝2 ～ 5 個……假日應該再放輕鬆點？

[頭像]＝1 個以下……莫非你的人生格言就是「規規矩矩」？

→ 綜合診斷 P.130

04 為愛而生

Es ist wahr: wir lieben das Leben, nicht, weil wir an's Leben, sondern weil wir an's Lieben gewöhnt sind.

熱愛生命不是因為習慣了生存，而是習慣了愛。

尼采

二〇〇一年九月十一日上午八點四十五分，一架飛機撞上了紐約市曼哈頓島南端的世貿中心北棟的九十六到一〇三樓。這，就是九一一恐佈事件的開端。

當時，我正好位於哈德遜河的對岸，也就是距離事件現場數公里遠的紐澤西州，所以親眼看到濃濃的黑煙往天空竄升。當世人已得知是飛機衝撞上世貿大樓時，都以為是意外事故。正因為如此，第二架飛機衝向世貿大樓南棟的畫面，更加深植於人們的記憶深處。大家這才驚覺這不是意外，而是某人故意從事的行為。在那一瞬間，發現此一事實的人，勢必都受到了嚴重的打擊。

當時包括紐約附近的居民、有親人或朋友在世貿大樓工作的人，應該都從最初的震驚轉為擔心。

擔心自己「關心的對象」是否沒事……？

而我所擔心的就是我的妻子左多里。那天她去參加朋友的宴會，留在曼哈頓市區。雖然她住的地方離現場還有一段距離，但就怕萬一，所以我想確認她是否平安。

和許多的震災一樣，一出事大家就紛紛想打電話聯絡親友，所以電話線會突然中斷。而我因為立即撥通，很幸運地在通訊網路尚未掛掉之前和她取得了連絡，確認她沒事。恐怖事件發生之後，通往曼哈頓的交通立刻完全被封鎖，沒辦法從外圍趕往她所在的地點。如果那通電話沒打通……由於沒辦法確認她是否平安，我一定會擔心一整天吧！

我們原定要在事件發生的那天下午在曼哈頓碰面一起逛街；左多里還說她也想去世貿大樓頂樓的展望台看看。不知是否因為恐怖事件的衝擊太大或是太過殘酷，之後我們沒再提起這件事。試想，如果我們提早幾小時出門，或是該事件晚了幾小時發生的話，我們就成了犧牲者。事後我們一邊替不幸喪生的數千人祈禱，一邊深思還能活在世上的意義。

九一一事件之後，我想起尼采所說的：「熱愛生命，並非因為習慣了生存，而是習慣了愛」。

人類是不太動大腦也可以活下去的生物。如果適當的飲食，心、肺、腎等內臟功能運作正常，身體各部位體液循還良好。如此一來，活著就變得理所相當……

因而會「對活著習以為常」吧！

我年輕時對自己活著這件事，並沒有抱著特別感謝的心情，即使常有人對我說「應該要心存感謝」。或許我曾有過「好死不如賴活著」的想法，但還不到深思自己是否熱愛生命的地步。長大之後，我才體認到熱愛生命的真諦，誠如尼采所言：「因為習慣了愛」。說得更嚴

謹一點，就是因為習慣了「愛」。連被人所愛的人一旦遇上瀕死的經驗，都會覺得「因為被愛所以不想死」。更何況是可以說出自己「愛著某人」的人，對死亡的抗拒和對活著的慾望當然會更為強烈吧！

每個人都是從小孩的時候就備受父母、親人及身邊的人呵護長大的。不過我覺得，人真正變得熱愛生命，一定是在自己感受到被人所愛，而且不論如何都想要持續這份愛之後。

某天，我於是認識了真正熱愛生命的自己。

還有這些諺語喔！

- 雖然這份禮物微不足道，但蘊含著愛。（紐西蘭毛利語諺語）
- 給人喜悅時，所獲得的是馬也載不動的巨大回饋。（不丹宗喀語諺語）

左多里の悄悄話

911恐怖事件發生後，
走在曼哈頓街道上，
最令人不忍卒睹的是
到處都張貼著許多「尋人啟事」。

這促使我重新思考：
人是彼此互相需要的。

所以希望大家不要等到
「改天」或「明天」，
而是「今天」就說出
心中的感謝。

05

莫等待！「和平」不會從天上掉下來

東尼的內心話

有此一說，人只要常保微笑，心情就會變得比較好。因為人體會分泌一種讓人有愉快感覺的物質，就叫做腦內啡（endorphin）。因此微笑不一定要是真的，裝出來的也無所謂。

我寧願見到人的笑臉也不願見到臭臉。所以我自己會盡可能地微笑，也希望使別人微笑。不過，我從來不想以人工的方法，甚至勉強自己變得快樂。悲傷時就顯現悲傷的表情，沮喪時也毫不掩飾沮喪的表情，才是真情流露。臉上自然浮現出微笑，不論對精神或健康都是最好的吧！希望大家與其勉強擠出笑容，不如用心創造出可以眉開眼笑的條件。

和平和幸福一樣，不是那麼容易獲得的。

思考人類社會的和平時，不妨先觀察一下動物。野生動物的世界，即使有時看起來非常「和平」，事實上卻是非常殘酷現實的弱肉強食

世界。即使是同類動物之間也互相爭奪地盤、搶奪食物，而且每天不斷發生類似的衝突。所以，生物必須成群結隊，排斥其他族群。野生動物的日常生活經常處於緊崩的警戒狀態，日子過得一點也不和平。

而人類原本就是動物，所以也無法立即擺脫動物本能。不論多偉大的生物，也會威脅對方、因為緊張而警戒、因產生磨擦而進行攻擊。如今隨著人口的增加，覬覦水、土地等資源的紛爭也有增加的傾向。

和平是很複雜的，光是思考這個議題就令人疲憊。不過，若是要談論幸福，和平絕對是個避免不了的課題。我將現在正在思考的幾個要點記下來。

①和平要靠人們創造與維持

某處的紛爭才解決，隨即換另一邊發生紛爭。感覺上，人類社會似乎永遠也不會有和平的到來。可是，「和平」並非從哪裡自然「蹦出來」的。在聯合國教科文組織憲章（The Charter of UNESCO）中也有類似的論述，必須先為人類心靈帶來和平，和平才能長久維持。為什麼呢？因為戰爭也是人類所製造的。

②人類致力於和平的成績非常差

人類到目前為止從未真正享受過和平吧！據說，由於二十世紀的戰爭及其他原因如虐殺等，至少造成一億至二億左右的人死亡。即使到了二十一世紀，每年在各地還是不斷發生戰亂。令人擔心的是戰亂的情況不僅和前一世紀的記錄並駕齊驅，甚至還有往上攀升的趨勢。

③戰爭與和平就在你我身邊

即使處於家人與親友間的小世界中，也經常發生類似戰爭的情況。因此，在思考和平時，實在沒必要扯得老遠地去思考什麼偉大的世界情勢！或許從讓身邊的人際關係變得融洽開始做起就夠了。

在日常生活中會對人動怒是很自然的。可是，經常欺侮或排斥人，感覺就像陷在狹隘的自我世界中，遠離了「和平」而接近「戰爭」。

俗話說「憎恨罪惡，別憎恨人」。縱使某人的言行舉止還不至於到「罪惡」的地步，但如果覺得有值得批判的地方就批判吧！但是，千萬別因為這樣而憎恨那個人。任何人都有多重面貌。連看似十惡不赦的人，也有其在做人基本上值得讚許的地方。雖然不是要大家特別去發現他人值得讚許的地方。但如果擅自評斷某人是「罪大惡極」或是「大錯特錯」，完全否定那個人的人格，那麼你就喪失了理性的「人性自我」，而陷入所謂的「動物性自我」。最好要避免這種情況。

關於和平還有一點不可不談的就是——世上不是只有渴望和平的人。有表面上說「和好吧」，私下卻伺機偷襲的人。也有打著「為和平而戰」的旗幟而做出矛盾行徑的人。問他們為何選擇戰爭而不要和平，答案也是千奇百怪；除了報復、不安的心態外，還有對名譽或財富的慾望，有時或許只是好戰。

此外，連「戰爭很好」或是「戰死最美」的想法都存在在這世上。從前，在各文化圈中就有人提出「小規模的戰爭發生太多了」的警語。不過，至今還有人對戰爭深信不疑。

不管理由為何，即使是渴望和平的人，一旦受到攻擊而覺得自己處於弱勢，大部分也會想要報復。結果，和平對任何人而言都變成一種奢求。

對人類而言，和平依然有如幻影般遙不可及。而使大家陷於如此惡性循環之中的，不就是那偉大的理由嗎？

但千萬別忘了，人是具有道德與理性的高度智慧生物。祈禱人類在更進化之後，總有一天可以等到和平的到來。至少我希望自己是這樣的樂觀主義者。

還有這些諺語喔！

- 在一起而不生火的人，立刻被視為敵人。〔圖根語（Tugen）諺語〕
- 「和平」若只是口號，不可能有真正的和平。〔阿富汗達利語（Dari）諺語〕
- 為刀帶來名譽者，為「不用」。〔威爾斯語（Welsh）諺語〕

左多里の悄悄話

某天，一個老人家
搖搖晃晃地拉著一輛攤車要下台階。

連東尼在內，
有二、三個路人好心幫他推車。

如果連非親非故的「陌生人」
都能如此體貼，
就更靠近「和平」一點了吧。

06

大家一起來

بازآ بازآ هر آنچه هستی بازآ
گر کافر گبر و بت پرستی بازآ
این درگه ما درگه نومیدی نیست
صد بار اگر توبه شکستی بازآ

來吧、來吧

蘇菲之詩

來吧、來吧。不管是誰。
縱使你是異教徒、拜火教徒、崇拜偶像者。
我們的這個集會處所絕對不是絕望之處。
縱使是違背了誓言百回的人
大家一起來吧。

蘇菲（Sufi）之詩

很遺憾的是，不同信仰的人們在經年累月的對立當中，導致戰爭不斷發生。

一般都將這類戰爭當成是「宗教問題」，但仔細想想，各信仰本身或是信仰上的差異應該都有其不得已之處。儘管「我們的信仰是最棒」的想法，很容易跟優越主義聯想在一起，但我認為其實沒那麼嚴重。激烈的對立與紛爭真正的起因，「別人都是不對的」這種想法絕對大於「我們的信仰最棒」的想法。一旦固執以為，自己不管怎樣都

對，別人不管怎樣都不對，很容易就會變得瞧不起「別人」。

而足以對抗「別人都不對」的想法，就是文章一開頭提到的那首詩。「不管是誰都可以來！」這種和平寬容的精神，超越了國家、思想及民族的藩籬，廣納了所有的族群。

這首詩的出處已不可考，但一般認為是距今八百年前左右，一位出生於安納托利亞地區康亞（現在的土耳其）的波斯思想家魯米（Rumi）所寫的。他因為留下了以波斯文寫成的超過兩萬句的優美詩歌而聞名於世。

順帶說明一下，本篇介紹的這首詩，相傳是可以上溯至比魯米（全名：Molang Jalaluddin Balkhi Rumi）早二百年前的作品。不過，詩即使不是魯米所寫的，也無損於其受歡迎的程度。

雖然魯米透過此詩來邀請大家，但他究竟在邀人到哪裡去呢？我認為，這未必是很重要的問題。因為他不是要舉辦什麼盛大的活動，只不過是在問大家「要不要一塊共度時光」而已。

經常閱讀魯米的詩，或許因為其中含有太多「宇宙充滿著愛」的訊息，即使想要反駁他的言論，也沒有反對的餘地。就算有誰認為：「世界並不是那麼單純的喲！」讀他的詩也不會湧現憤怒的心情，反而有種暫時傾聽一下魯米的話也不錯的心情吧。

儘管是天馬行空的想像，但可以參加魯米的聚會的人大致可分為兩種吧！一種是秉持著某種堅強的信念，即使接觸其他的價值觀也不會喪失自信的人。另一種則是不特別相信什麼，而可以適度調整自我價值觀的人。

不管哪一種人，在這樣的集會中，會和自己價值觀落差很大的人們共處一段時間。所以，其本身也必須具備相當的勇氣與柔軟度。

魯米已不存在這世界上，但至今仍有許多懷念他的教眾。那就是伊斯蘭教神祕主義的「蘇菲」一派，以土耳其為據點的「梅芙萊維

教團」（Mevlevi Order）。梅芙萊維教團特別有名的宗教儀式就是薩瑪（sema）。薩瑪也稱為「蘇菲派的旋轉瞑想法」或「蘇菲派的回旋舞」。舞者要穿著長裙般的服飾，頭戴細長帽子。以左腳為軸心，用右腳踢地面，如此快速轉圈，直到身體舒暢快活後再慢慢減緩轉速。雙手伸直地旋轉，加上裙襬的飛揚，給人一種浮在半空中或是飛起來的感覺。不知是否因為舞者頭微傾的關係，薩瑪舞總給人非常幸福的感覺。聽說，第一個如此旋轉跳舞的就是魯米。另有一種說法是，魯米因為感傷恩師的去世而開始旋轉跳舞。

如今我們仍可以在土耳其的康亞及世界其他幾個地方看見此一宗教儀式。不過，每個地方的跳舞規則不盡相同。某一團體基本上是採快轉半圈的跳法，如果不太舒服時，也可以改成旋轉一圈。當感覺天旋地轉、快要倒下去時，就可以趴下來休息一下。不過，無法趴下來的人也可以改成仰躺方式，也只有魯米流派才有如此的變通方法吧。

秉持寬容的心、跨越各種藩籬，多聽大眾的聲音，找出適合自己人生並適當做調整。人不應該太篤定評斷何者是正確的，而應該想通任何事都有很多的可能性。所以，「不管是誰都可以來」。魯米讓我們看到的就是一種「共存」的典範。

那麼我也就此擱筆，試著來旋轉一下吧！

還有這些諺語喔！

- 雨會同時下在正義之人、不正義之人的身上。〔霍皮語（Hopi）諺語〕
- 請把我家當成是自己的家。（西班牙諺語）

左多里の悄悄話

東尼是個特別愛交朋友的人。

即使是第一次見面，
也能找出各種話題，
尋找對方或自己
有興趣的事情來聊。

找到了共同話題，就可以愉快地度過
充滿意義的時光。

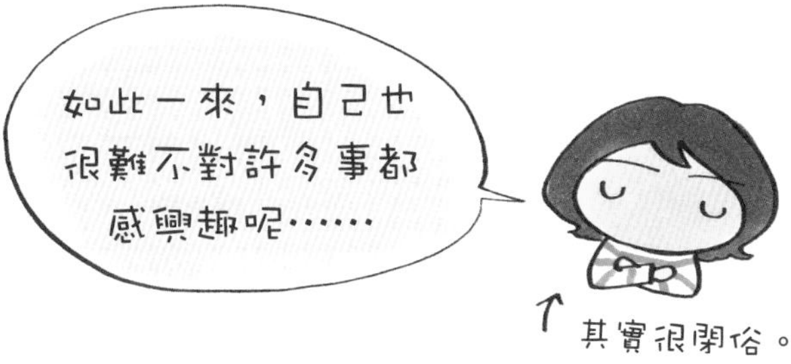
如此一來，自己也
很難不對許多事都
感興趣呢……
其實很閑俗。

「薩瑪舞」

東尼度診斷⑦

【綜合診斷】

將P31、53、59、67、84、107頁的各項東尼度診斷數字歸納起來，填入圓形圖中。看看你和東尼有那些地方相似、哪些地方不同。

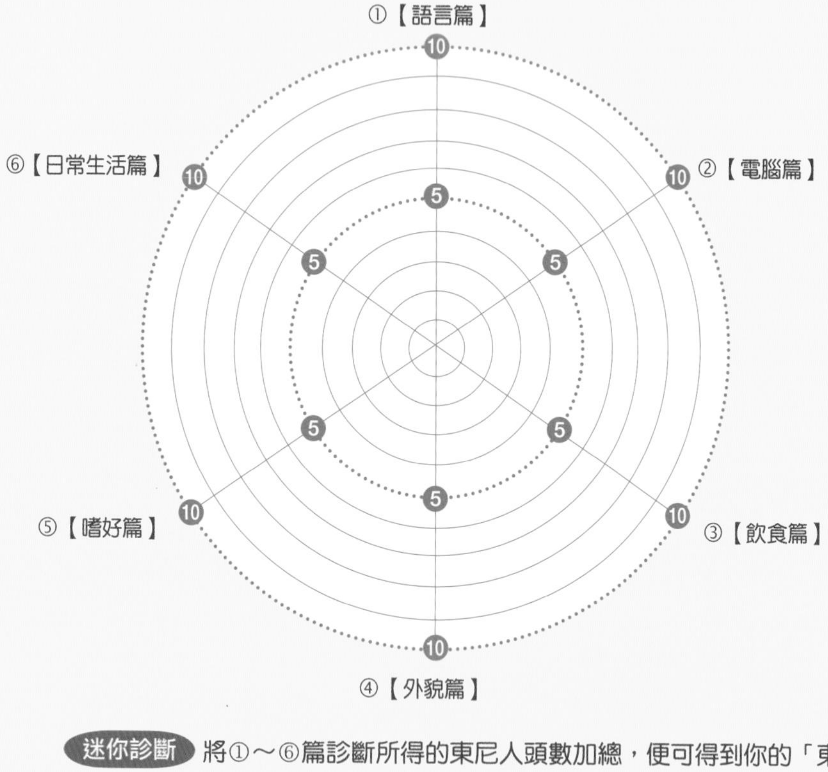

迷你診斷 將①～⑥篇診斷所得的東尼人頭數加總，便可得到你的「東尼度」！

- ＝50 ～ 60 個……你的東尼度最高！或許跟東尼在前世是親子關係？
- ＝31 ～ 49 個……東尼度還不錯。具有相同感受的部分相當多。
- ＝12 ～ 30 個……東尼度差強人意。不努力增加共通點也沒關係。
- ＝11 個以下……東尼度低。不過，也沒必要失望。你自己的個性更重要！

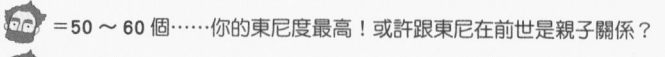

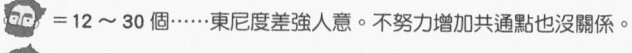

寫在最後

將本書獻給妻子小栗左多里。

雖然我一開始寫書時只是打算把它獻給妻子小栗左多里，但後來她幫我畫了插畫，又和我一起想書名，所以我買了橘子送她，並跟她說聲：「老是麻煩妳，謝謝」。

本書由「芽の章、樹の章、實の章」三部曲構成。如你所發現的，沒有「種の章」。或許你會認為我是因為偷懶才變成這樣，不，其實不是。我有很好的理由。在我們出生時（或是更早以前），種子應該就已經長成為「芽」了。父母、祖先早已替我們將幸福的種子灌溉成為芽。託他們的福，我們只須好好珍惜這努力往天空伸展的嫩芽，並將其灌溉長大就可以了。聽起來很幸福吧！

在此向給予本書出版機會的日本SoftBank出版公司的各位由衷地表

達謝意。我在最初的企劃書中畫了一張責任編輯瀧澤尊子小姐的微笑肖像。希望在此向這位從從頭到尾都以肖像式笑臉對待我的編輯深表謝意。

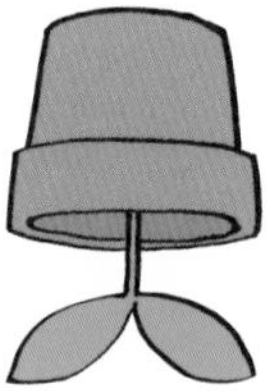

東尼拉茲洛（Tony László）

匈牙利父親與義大利母親的結晶，在美國長大，自認與公認的語言學御宅族。1985年起以日本為據點成為作家。除了撰寫英日文文章，1994年起開始主持研究多元文化共生的NGO「一起企劃」（ISSHO）。另著有《來去夏威夷》（時報出版）和即將由時報出版社出版的《達令的腦袋中》。

http://talking.to/tony/

小栗左多里（Oguri Saori）

東尼之妻，本書繪者。出生於岐阜縣，1995年出道，另著有以東尼為主角的《達令是外國人①～②》、《老媽的好吃好吃料理》和《來去夏威夷》（以上皆為時報出版）、《達令的腦袋中》等書。

http://ogurisaori.com/

FA319

東尼流的幸福栽培法

トニー流幸せを栽培する方法

作　者
東尼拉茲洛
繪　者
小栗左多里
譯者　夏淑怡

主編　林怡君
編輯　何曼瑄
美術編輯　黃雅藍
執行企劃　鄭偉銘

發行人
董事長　孫思照
總經理　莫昭平
總編輯　林馨琴

出版者　時報文化出版企業股份有限公司
台北市10803和平西路三段二四〇號三樓
客服專線　（〇二）二三〇四－七一〇三
郵撥　19344724 時報文化出版公司
信箱　台北郵政七九～九九信箱

時報悅讀網　http://www.readingtimes.com.tw
電子郵件信箱　comics@readingtimes.com.tw
法律顧問　理律法律事務所陳長文律師、李念祖律師
印刷　華展印刷有限公司
初版一刷　二〇〇七年十一月十九日
定價　二五〇元

政院新聞局局版北市業字第八〇號

ISBN 978-957-13-4767-7
Printed in Taiwan

TONY-RYU SHIAWASE WO SAIBAI SURU HOHO by Tony László

Originally published in Japan by SOFTBANK Creative Corp.
Chinese (in complex character only) translation rights arranged with SOFTBANK Creative Corp., Japan
through THE SAKAI AGENCY and BARDON-CHINESE MEDIA AGENCY.

美術指導　渡邊緣
版型設計　湯川安芸子
東尼度診斷製作　江幡育子
協力　青木健
佐々木亞乃
伊朗大使館
ALEPH ZERO（小作博紀）
玉谷惠利子・張鮮華・菊池優

國家圖書館出版品預行編目資料

東尼流幸福栽培法
（トニー流幸せを栽培する方法）
東尼拉茲洛著,小栗左多里繪. 夏淑怡譯 --
初版. --臺北市：時報文化, 2007[民96]
面；　公分. --（時報漫畫叢書；FA319）
ISBN 978-957-13-4767-7
861.6　　96022073